Pra Elisa, Alicia, Enzo e Noah.
Pra Ina, Paula, Jo. Sempre.

Copyright © 2011 Fa Fiuza
Ilustrações © 2011 Ângelo Abu

Edição geral
Sonia Junqueira (T&S - Texto e Sistema Ltda.)

Projeto gráfico
Diogo Droschi

Revisão
Cecília Martins

AUTÊNTICA EDITORA LTDA.
Editora responsável
Rejane Dias

Belo Horizonte
Rua Aimorés, 981, 8º andar . Funcionários
30140-071 . Belo Horizonte . MG
Tel.: (55 31) 3222 68 19

São Paulo
Av. Paulista, 2073 . Conjunto Nacional
Horsa I . Conj. 1101 . Cerqueira César
01311-940 . São Paulo . SP
Tel.: (55 11) 3034 44 68

Televendas: 0800 283 13 22
www.autenticaeditora.com.br

Revisado conforme o Novo Acordo Ortográfico.

Todos os direitos reservados pela Autêntica Editora.
Nenhuma parte desta publicação poderá ser reproduzida,
seja por meios mecânicos, eletrônicos, seja via cópia
xerográfica, sem a autorização prévia da Editora.

Dados Internacionais de Catalogação na Publicação (CIP)
(Câmara Brasileira do Livro, SP, Brasil)

Fiuza, Fa
    Tem livro que tem / Fa Fiuza ; ilustrações Angelo
Abu. – Belo Horizonte : Autêntica Editora, 2011.

    ISBN 978-85-7526-549-9

    1. Literatura infantojuvenil I. Abu, Angelo. II.
Título.

11-06900   CDD-028.5

Índices para catálogo sistemático:
    1. Literatura infantil   028.5
    2. Literatura infantojuvenil   028.5

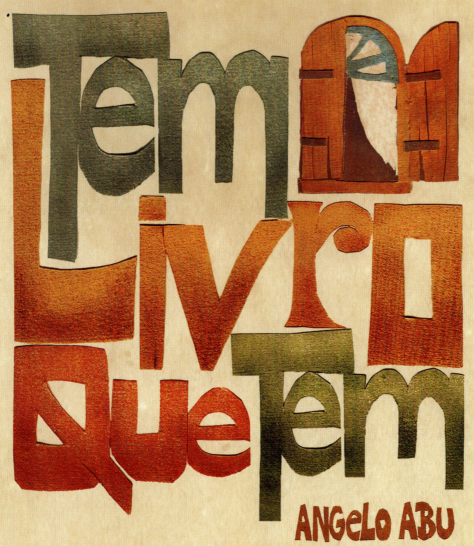

Era uma vez
três porquinhos,
uma bela adormecida,
uma boneca de pano,
um nariz que crescia,
uma bota de bode.

Era uma vez
uma casa assombrada,
um castelo de vidro,
um moleque maluquinho,
uma história de amor.

Era uma vez
uma bruxa encantada,
uma fada malvada,
um espião de gente.

Um lugar diferente,
uma casa de vó.

Tem livro que tem
as cores do arco-íris,
os palácios dos reis,
lugares imaginários
que eu até visitei.

Tem livro que tem Pernalonga,

tem livro
que me faz gigante,

tem livro que me
faz Pequeno Polegar.

Tem livro que
me faz diferente:
um dia sou Maria,
outro, sou José.

Tem livro que me faz dançar,
contar carneirinhos,
brincar de pivete, bandido e mocinho.
Brincar de escrever.

Tem livro que tem
flor com espinho,
dama-da-noite,
bem-me-quer, malmequer,
margarida, margarida, margarida.

Tem livro que tem forma
de pedra afiada,
de pipa travada,
de estrela cadente,
de gente valente.

Tem livro que me faz
herói de novela,
poliglota atirado,
valete safado,
cigano sensível.

Tem livro que tem
o cheiro do mato
(goiaba madura),
que lança o perfume
que me faz sonhar.

Tem livro que tem
o pulo do gato,
o bicho-preguiça,
o sapo que vira,
a isca do anzol.

Tem livro que toca
o fundo do poço,
o alto do céu,

toca até bolinha de sabão!
Faz cosquinha no pé
e toca atrevido o meu coração.

Tem livro que tem
o som do trovão.
– Abre-te, Sésamo! –
grita o ladrão.

Tem livro que tem
a fala comprida,
o espírito fujão,
que corta caminho,

que pula obstáculo
e me espalha pelo mundo.

Tem livro que tem
o gosto de ontem.

Tem livro que tem tudo isso.

E o resto de tudo... eu ainda não sei.

A AUTORA

Sempre gostei de pessoas, de livros, de viagens. Falar de mim é dizer um pouco disso aí.

Nasci em Belo Horizonte - mineira de Minas Gerais. Maria Iris e Hélio, Ronald e Cris, minha primeira família.

Depois casei, mudei pra Joinville e tive minhas lindas filhas, margaridas. Meu jardim continua crescendo, e hoje tenho quatro netinhos.

Moro na Flórida, Estados Unidos, com o John, meu querido companheiro.

Muito, muito livro na minha vida. Me formei em Letras, fui professora de Português e Literatura por muitos anos, trabalhei na Biblioteca Pública Suntree-Viera, na Florida, quando me mudei para o outro lado do mundo.

Vivo hoje literalmente cercada de livros por todos os lados. Sou do tempo em que livro de papel é que era livro bom.

Com meus livros, meus amigos e minha família, viajo sempre. Viagens reais e imaginárias. Volto renovada, mais humana, mais feliz. E, quem sabe, mais pronta para criar de novo!

Tem livro que tem fala muito de mim, de minhas andanças pela vida, de minha esperança e minha teimosia em acreditar sempre na possibilidade de um mundo melhor.

Fabrizza

O ILUSTRADOR

Nasci em Belo Horizonte em 1974. Mas logo me instalei em um livro com vista para o mar, na Bahia. De dentro dele, muitas histórias em quadrinhos e outros livros passaram por mim, e foram fazendo, aos poucos, com que eu decidisse muito cedo qual viria a ser minha profissão.

No ano 2000, terminei o curso de Cinema de Animação na Faculdade de Belas Artes da UFMG.

Ilustrei o primeiro livro em 1995. A partir daí, outros vários se seguiram. Pela Autêntica, *Menino parafuso*, *A voz de Sofia* e *Roubo na Rua das Paineiras*.

Recentemente, decidi me instalar em um livro bem amplo, também da Autêntica, de 24x21 cm. Tem 32 páginas e várias janelas, com vista para onde a gente bem desejar...